歌集

エマイユの煌めき

Miori Shimizu
清水美織

角川書店

エマイユの煌めき　目次

装幀：間村俊一
写真協力：アマナイメージズ（ギュスターヴ・モロー「岩の上のサッフォー」）

歌集　エマイユの煌めき

清水美織

果実らの朝

果実らの秘めたる朝ひしひしとあやういまでの青き肉叢《ししむら》

行く雲にあふるる想い委ぬれば煌めく龍となりて昇りぬ

千代紙の色を巧みに織り込みて綾の裾野は移りゆく秋

あでやかな青磁の器抜け出でし女の影は秘色《ひそく》にゆらめく

神々が衣ひろげるその蔭に吾は懐《いだ》けり鈍色の石

生くるとは一瞬の夢枯枝に透明の翳ゼフィルス哀れ

最愛は黙して犯す紅き花　毒の棲みかの主たるはわれ

愛するは時には狂気われも又刻一刻と君になりゆく

ああ、アダージョ

最愛は静かなる毒ひたひたとおまえはやがてわれの血となる

昼下がり気怠い刻を引き摺りて　ああ、アダージョ夢の随《まにま》に

揺籃に幼の額煌めきてゆらぐ未来に何を描くや

光得て胎から出た刹那よりわが子はこの世の戦場にあり

流れ出る記憶の波を逆立ててわれ目醒めたりこの白き朝

岸壁に打ち寄する波少しずつ事象のかたちを変えつつ果つる

微睡めば影抱く日々蘇りからだの中を冷気奔れり

美しき少年の血は青く流れ童蒙少女の髪に溶けゆく

完璧であること自体罪なのか美を語り継ぐヘルムアフロデュストの悲しみ

四分儀座流星群

われという存在もなき世界あり四分儀座流星群のふりそそぐ夜

撓みつつ蔦は生命に絡みつく人恋えば尚鬱鬱と伸ぶ

ベルリンのクリスマス市で老婆売る天使と悪魔同じ価格で

クリスマス富めるものにも貧しきにもひとしく白き妖精の降る

次の世はわれの笑顔も映ししか青く煌めくパラレル・ワールド

喧騒に身をまかせればわれも又都会という闇の一細胞となる

夕暮れを一呑みにして鼓動する胎に秘めたるわが恋時計

ホログラフィの籠

小鳥らはホログラフィの籠の中われには届かぬ歌を囀《さえず》る

眼光は鋭く闇を貫きて未来にひかりを見つめていたり

聲だけが虚しく空しく響きゆく　嗚《あ》呼《あ》　嗚《ああ》　吁《ああ》　啞《ああ》　鴉《ああ》　啞《あ》啞《あ》

瞬間にわれの心を支配する破壊もなせるアンドロイドの恋人

指先で電気ひつじの夢を見る病が鋭くわれを裂く時

一瞬で世界を繋ぐ電子箱かかえて今日はドイツを巡る

一瞬で世界を毀す電子箱かかえて今日もドイツを巡る

おそらくは今でも総てを凌駕するアンドロイドが恋歌詠めば

何光年経ればば細胞生まれるかかくも冷たきコンピューターの虚《うろ》

エンデュミオン

眠き夜はセルビィス青のレプリカの茶碗の冷めた紅茶すすりぬ

おごそかな天に在りてもなお寂し月はひとりで永遠《とわ》の旅ゆく

前前前世の海原を舟漕ぎ行くは　月　永劫回帰

美しき七色の雲従えて妖しき月みゆ女神セレーネ

湖に映るおのが身に焦がれつつ月は溺れて沈みゆきたり

怖ず怖ずと月は扉を押し開けてエンデュミオンの臥所に入りぬ

恋すれどその激しさが哀しくて想い届かぬ月女神の煌

「エンデュミオン」君の名呼びてわれはただ悠久孤独に入りゆくのみ

おのが美を閉じ込めおける器こそ永遠《とわ》の睡りを守る秘櫝《ひさく》か

玻璃の器

虞美人草眠れる母はひっそりと玻璃の器で毒を育てき

はてしなき碧き虚へと風裂きてつばめの飛翔われを捨て去り

あらしの夜謎の脳の旅たどるハインリヒ・フォン・オフターディンゲン「青い花」捜して

わが念い高まりうねり深海の砂巻き上げて魚群みださん

暗闇に閉じ込められしわが道を提灯鮟鱇あかり灯せり

砂だけがわれを囲める寂しさの海底に聴くカザルスのバッハ

われがただため息つけば海底の悲しみの群れ泡となりゆく

海底に沈めたわれの想いとも深海魚ただ静かにめぐる

プクプクと光求めて昇りゆく泡に儚い希いをこめて
はらはらと散りゆく花に羞しくもノブレスオブリージュわれには届かず

砂のミラージュ

中心に鋭き剣突き刺せば四方に血飛沫《しぶき》散らす紅薔薇

どの恋も美しきもののみ残りゆく激しさもまた砂のミラージュ

茫漠の荒れ地にひとり流離いて海の声聞く山の声聞く

風戦《そよ》ぎ夢想空間ゆらゆらとやすらぎ知らぬこの揺り籠は

天恋えば白き芙蓉のひとひらもなべて散りゆく不条理の沼

ほの白きすすきの穂叢かきわけてきっと姿現わすや　君

くらがりの湖面震わせ渡り来る狂気の叫びオフェリアの歌

病葉が喉につかえて叫べない　あ、あ、あ、あ　みずいろの翳

わが叫び宙にむなしく舞い狂う生きたまま朽ちる蜻蛉《かげろう》のごと

ルサンチマン

生は死を憧れおりてみずからを瑕《きず》つけ続くルサンチマン

月女神エンデュミオンの美の種を紫の闇にひた撒き散らす

悲しみに砕け散るほど髪辺《こうべ》振り冬の夜空に烟《けぶ》る

エンデュミオン君が睡る岩間にはワーグナーの絶叫も届くことなし

静謐《しじま》裂く月女神の声ルナルナルナルナ　ツァラトウストラに届くことなし

未来の世を希めぬままにおのがみを君に委ねて竪琴を弾く

月女神美という毒の実摘みにゆくエンデュミオンの睡れる臥所

あざやかな青たたえつつ紫陽花は映るを静かに昏らす

そよ風にむらさきの輪を廻らすや宇宙論説くクレマチスの花

時計草影重ねつつさやさやと刻きざみおり蔓からませて

ゆうるりと抗いあらん紫の身をそらし咲く堅香子の花

こぼれ落つる光受けとめ刻々と熱るを拒む青き榲桲《マルメロ》

スタバト・マーテル

ゆるやかに蝶の羽音に響きあう　ペルゴレージのスタバト・マーテル

蝶ひとつ射干の鋭き葉にあれば菖蒲となりて風に羽搏く

白き射干われの目射《い》貫《ぬ》き耀えば胡蝶ひとひら宙に舞い立つ

プラハの夜若き女の肉叢に薔薇と蝶なる刺青熱し

夕間暮れゆらゆらゆらゆらと力なき蝶舞いおればドローンのホバリング強し

スピノザの書を読みおれば蝶ひとつ神とう文字に来りてとまる

風見鶏失いし屋根に蝶ひとつ風にまかせて翅をふるわす

ハタハタと湖面の葉の上いのち磨ぐ破れた翅では遠くに飛べぬ

はらはらと舞い散る木の葉さびしくも黄蝶となりて羽撃《ばた》きゆけり

蝶死して花の上はらり翳落とし後の世もとめ微《かす》かかがよう

星に濡れ闇に耀き白き虎明日のいのちをいよよ歎きぬ

山原水鶏《やんばるくいな》

山原水鶏翔べぬゆえその緑褐色の羽根をしずかに閉じおり

文学は絶滅危惧種と言われるも「令和」の二文字厳かに醒め

思い出の哀愁靄を纏いつつＤ５１《でごいち》煙を星ぞらへ吐く

老人が慈しみたる朱鷺は今外来種継ぐnipponia nippon

「進化」とう人間の業の強ければ陰に無限の死の積まれゆく

ベルリンの壁

顧みる薄暮の街にうっすらと記憶の焔燃えたちて消ゆ

萎えてゆく寂しき世の隅ひっそりと星のかたちの瑠璃繁蔞《はこべ》咲く

ひたすらに氷のごとく火のごとく光求めて走り出す日々

ベルリンの門をくぐればその壁に血飛沫あびし霊のただよう

ベルリンの壁に描かれし色彩画歴史を嘗めし霊も華やぐ

ベルリンも異常気象の三十八度　ベルリン青《ブルー》の空に戸惑う

ベルリンも陽が溶かすのか猛暑日に大聖堂の鐘の音《おと》吼ゆ

ブランデンブルク門　女神操るカドリーガ家来になりて天空舞いたし

死番虫やがて飢え朽ち果つるのか　電子書籍に喰らい処なし

死ののちの霊も電子で飛び交うか　辞書も書籍もタブレットにて

果てしない旅

どれ程の血をそそがれれば飛べるのか傷めた翅を青が掠める

花は散り鳥は去りゆく悲しみの夢より醒めて天を仰げる

憂国の懶惰《らんだ》を孕み陽は尚も凌霄花の朱を引き摺れり

胸奥に青い小石を閉じ込めて月影万里命ひきゆく

西陣の金襴緞子の鳳凰の飛び去りて尚景色おごそか

真実は見つめる程に痩せゆきてジャコメッティの彫刻となる

両翼にあふれるばかりの輝きを大鷹の勇われにも与えよ

生と死の狭間を縫って翔けわたるミュンスター寺院の鐘はおごそか

おそらくは薔薇のようなる赤い血が流れる古い瘡蓋の下

夕暮の微光に睡りおりたれば病が誘う果てしない旅

疵つきて闇路をたどる友の背に月の雫を汲み届けたい

現世の翳りを照らす翠緑玉わが手かざせば尚も煌めく

ペルゴレージの襞

ゆく春の人なき庭に赤々と花にも残る燃ゆる情熱

われとわれ互に見つめ合いておりき脆きこの橋渡りゆくため

青き湖《うみ》見つめしわれは深淵に血を浄めゆき自然に帰らん

星あかり届かぬ夢の亡骸はペルゴレージの襞に眠らす

地球をも激しく強く揺さぶりし太陽嵐われには届かず

散りてなお桜はかなしひっそりとあわき血色の花筏敷く

神のなすあふれんばかりの戯事《ざれごと》に嬉々となすわれはあわれ儚し

ラビリンス

月に寝て夢の梯子を下る時純白の獅子静かに目覚めよ

鈴蘭はコンバラマリンの毒を持ち安らぎ求める旅人殺す

火のような残酷ひそむ日常にグレゴリオ聖歌幽かに流る

草に寝て宇宙の意思を尋ねれば俄かにゆれる重い枇杷の実

ゆうらゆら最後の生を舞い狂う瑠璃色揚羽　〈立ち枯れの森〉

ラビリンス無心にゆれる揺籠は今宵もわれを深く眠らす

人がみな陽と戯れる時われひとり手押し車で月運びゆく

血を吐いて思いを告げる不如帰お前の叫びは心をつき刺す

瑠璃色の影

未来に発つ二十歳になる君の果実は色鮮やかなすずなりの夢

夕闇の天をひろげる桜よりはらはらと散る瑠璃色の影

黒揚羽極彩色の地獄絵を隠して空をひと煽ぎする

天を殺ぐつばめの飛翔かわしつつ風は静かに時運びゆく

仄暗きみずうみ目指し迫り来る流星群の放射あざやか

洋蘭の水吸いあぐる音リリと重なり聞こゆ君が血の音

夢幻草原

割れる程ガラスの願い抱きしめて夢幻草原駆け抜けてゆく

風の凪ぎてその一瞬の沈黙は地獄へ向かう甘い陰謀

毒浴びていまひとたびの狂い咲き　やがては深い『沈黙の春』

この星を壊してまでも未知を恋い宇宙探査に人は旅立つ

生き物がなべて愛しく思える日「G線上のアリア」に眠らん

静寂の異次元空間駆け抜けるは白い辻馬車エメラルドの風

この胸によせては返す荒波の潮のうねりは大海目指す

薔薇よ薔薇　謎のようなるその襞に夢は抱かれて爛れゆくのか

刹那降る

霏霏《ひひ》として鋭く刹那は降りしきる　今、今、今、今、そして今

三日月に混沌の鎖つるしかけ無限空間にブランコ揺らす

天体の神の怒りか累累の屍の上に月ふりそそぐ

声殺し泣き入る幼児このわれはお前の叫びになりてやりたい

時を裂くカタストロフィめくるめく地より激しく心は揺れて

引き潮とともに去りゆく海鳥は未来世界をつれ還り来よ

薔薇の贖罪

この瞬間邯鄲《かんたん》は鳴きりゅうりゅうとはかなき声は草の間の夢

忘れられし小暗き庭にひっそりと古き小瓶に月あかり棲む

茫漠の荒れ野にひとつ咲き誇る沈黙の赤　薔薇の贖罪

物憂さも贅沢ならん秋の日に夕星ゆれてかすか耀う

わが脳闇にもいよよ鮮やかに色彩独楽のごとく廻りぬ

アルツハイマー　小石数える小さき手を夕陽の射つつ老女うるわし

湖に小石投ぐればさやさやと対岸の緑かすか香り来

「冬の旅」聴き入りながら微睡めば菩提樹ゆれて夢を誘う

やわらかな陽射しもやがて死に向かう雲が袂を分かつ秋の日

カレイドスコープ

こころまで糸絡まりて動けない君が操るわれマリオネット

おのおのがおのれのなかで息づくも見えない糸が操る無情

あかつきの影踏みしだき旅に発つチェンバロの音に背中押されて

音楽と風をたくみに縫ってゆく意志持たざるかわがマリオネット

木偶のわれ生くる証は持たぬまま魄だけが大気漂う

われ生きて裡に焰を煌めかせ君の心臓燃えつくすまで

『ファウスト』も幼きゲーテのマリオネット体験よりぞ生み出されしと

わが心　神と悪魔の戦いの狭間に起こる風に漂う

あざやかな色あふるるは万華鏡須臾《しゆゆ》変幻す宇宙描きて

麻酔醒め意識は朧おぼろにてカレイドスコープ星の海泳ぐ

カリヨンを遠くに聞きて万華鏡無心が映す無限の宇宙

ＣＴスキャナー目を閉じて瞼に見ているプラネタリウム

黄金の甕砕け散りキラキラと万華鏡なる魔法に入りぬ

鏡面に宿る神秘にちりぢりの六角形なす無限の夢幻

メラメラと毀れゆく夢かき集め万華鏡の世界に活かす

どこまでも三角鏡に惑わされ夢幻地獄に堕ちゆくのかわれ

ラリックの瓶こなごなに割りおれば万華鏡の筒に誘う

表には出てはゆけない極彩色万華鏡の中で夢見る

オートファジー

怒りかと見紛うばかり燃えさかり曼殊沙華の赤天蓋ひろぐ

花喰らい花となりたし獣喰み獣となりてただ吼ゆるわれ

わがうちの怒り映して鶏頭は焔となりてただ燃ゆるのみ

ひとすじのつめたき水の流れゆく見えかくれするわが過去の舟

陽光をひきずるごとくうす紅の夏惜しみ咲く凌霄花

眼閉じすべては闇の中にあり心閉ずれば宇宙も見えくる

青朽葉、赤、黄、むらさき重ねつつやがては白く凍りゆく山

今一度幼き身体に戻りたしオートファジーにこの身託して

月を恋い茫茫と生くるわが胸にアケボノスミレの群生のあり

暁の金星、三日月交差せりガラスのわれを透かす瞬間

ジルベスターにギエムがついのボレロ舞う肉体が永遠《とわ》に届きゆく時

ふりむけば古城の蔦のごとき影解けぬ記憶の謎のごとしも

忘られし庭にひっそり無花果は咲かざる花を秘めて朽ち果つ

水琴窟

叫ぶとも神に届かぬわが想い重層低音つつむチェロの音

そうそうと憂いがこの身に沁みる朝無為の時間がすべてを喰らう

太陽も月もいつかは死に絶える永遠《とわ》とは何か朝のパン食む

生くるのに理屈などないただ青き音響かせり水琴窟は

竹筒に耳あて聴けば海底の音より遠き水琴窟の声

夕さりの静寂のなかを堕ちゆける水琴窟の音すすり泣くごと

水琴窟したたる水のりりりりとエメラルドなす音の響けり

嵐去り老いの上にも幼にも静かにかかる夕映えの虹

激震の街をすっぽり包みいるブラックアウトに降る天の川

建築は世紀の言葉いつの世も人と時代を語りゆきたり

目に見えぬ時間が創る歴史ありわが中心を駆け抜ける翳

青き朝われの命の軋みおりガラスの坂を駆け降りるごと

ピエモンテの鳩

ハタハタと羽撃きやまぬ心臓を閉じ込め置ける鳥籠の欲しき

葉の上に宇宙を描く蝸牛われ紫陽花の鞠のまろき夢みて

墜ちてゆく青色の闇ただ深く麻酔が誘う底なしの界

わが歩むこの回廊を潜りゆく時代の使者かピエモンテの鳩

太古より届く便りかわが裡に　雪降らす風　花降らす風

抗えば足下の砂崩れ落つ昨日という名のわが身ひきつれて

羽撃けば火の粉あわれに降りそそぎわれも火の鳥おまえを焦がす

はたはたと羽音響かせ火の鳥は微睡むわれを冥界へ誘う

輝けばいよよ炎の燃え立ちておのれをいやす褥などなき

ピエモンテ延延つづくコリドール白きが掠め、あ、鳩　外は雪

穢れなき奔放

青き実のその穢れなき奔放をしかと捉えよ一獣として

人知れず野に黙し咲く山百合の裡に激しき赤黒き虚

サッフォーがひとり舟に身を委ね還りつきたりレスボスの孤島

われもまた月しろに舟を漕ぎ出でば、たちまち疾風にのみ込まれゆく

昼も夜も睡魔がやさしく迎え来るなどかは知れず襲い来る過去

群れ離れみずからの血に閉じこもる白鴉　嗚呼　君はアルビノ

大屋根を黒いマントで覆うごと一聲あげる「わが領土ぞ」と

現世の大地を蹴って大空へ鴉よ鴉われを捨つるな

海の中カラスが拾う黒い石火精太陽へ還りゆくため

大鴉謎のいのちの神話とも東では神西では悪魔

大鴉

大鴉わたしの秘密の赤い実を奪い溶けゆけ漆黒の空に

あかつきに無心なれども総身の繊毛掻き立て命乞うわれ

忘却は淡色の影ながながと曳きてすべては淘汰されゆく

星屑を集めても尚昏き沼記憶の襞に深く沈めて

遁れ来て迷い入りたる山毛欅《ぶな》の森そのざわめきが生の証か

あでやかな白い身体をひき裂きて月下美人の一夜狂おし

からみつく極彩色の夢の尾を断ち切って今純白の朝

混沌の森を拒んで杉叢は意志かたくなに天空目指す

月煌煌水面に裸形映す花小石投ぐればあわれ散りゆく

魘《うな》されて眠りの森に佇めばわれに訪なうポーの大鴉

ピナコテーク

悲しみの驟雨のあとのラベンダー焰となりて青は燃え立つ

ピナコテークに見たりし空は吾のものこの日の碧き空に重なる

まるで罠、日食報道ヘリコプター蜻蛉《せいれい》となりて金環に入る

裂けよこの悶え苦しむ赤き身を裂きて薔薇なる真実見せよ

うす衣纏いて佇む朧月ひとたびは笑みて裸形を見せよ

馥郁たる薔薇の香はひっそりとわが裡に入り穏やかに死す

この身まで透き徹りゆく青き湖《うみ》君の世界に淘汰されたし

われのみを乗せて激しく揺れながら時空破らんガラスの鞦韆

射干玉《ぬばたま》の小暗き岩に月浴びて緑色の蝶かすかに光る

フライブルク、白皙痩軀の若乞食のピアスの穴も神棲みたるか

茫漠の海原のごとはてしなき精神世界へひとり旅立つ

激しき世に己を知らぬエピキュリアンはびこりけり羊歯植物のごと

夢想の海

クリムトの黄金の騎士よ花散らしミューズを連れてわがもとへ来よ

月浴びて夢想の海を渡りつつ金の鱗は翻り散る

喧騒に無防備なりしわが想い掻き乱されて踠けば虚し

時に夜叉時には菩薩の面つけ世の変貌の橋渡りゆく

草食まず虫もあやめず天翔ける麒麟はやがて幻影となる

風渡るいのちも渡るたましいも明日は何処にあるか知らねど

滝水のひたすら落つるくらがりの滾《たぎ》ちに入りて割れる夕月

空海の金と銀の曼荼羅はわが内の宇宙を映し残酷

ガウディの開く事なき石の薔薇蕾なるまま永遠《とわ》を花咲け

戯れに与えられたる曼殊沙華わが重き血を吸い取りて　赤

太陽を溶かして深く沈みゆく明日はあるのか海の静謐

心臓に鋭き剣つき立てて容赦なき朝　われを覚醒す

ふとそこがわれの在り処かデラシネの二つの湖《うみ》の重なる処

宇宙這う謎の血管泳ぎぬけディアナの胎に還り行きたし

しんしんと憂いはしきり降りしきる朝は小鳥の囀りさえも

雅歌

雲の間に月は真夜を彷徨いて狂い狂いて湖に堕つ

幽玄をみずから筆の形見とし松岡映丘描ける「水鏡」

世は微かわれを生かせる術ありてモローの「雅歌」を生贄とせり

月女神おのれを水に映しつつ恍惚としていのち忘るる

水面に指さしおれば波たちてゆらりと揺れて世界崩れぬ

愛は夢黄昏の世に遊びつつ一瞬燃えて地獄を目指す

月の湖　水はかすかに波たちて流星群を迎えて静か

湖に月玲瓏と漂いて命のはての骸おもわす

深井戸の底に棲みたるわが魄を掬おうとして命落とせり

星月夜生きる術なき狼の絶滅ののち遠吠えを聞く

ピアノソナタ

ふうわりとわれの身体を浮かす風そうだ君が降り来ているのね

ヘブラーのピアノソナタ第八番われを殺めんそのモーツァルト

脳内をガモフの理論回遊す『１２３…無限大』と

子の泣けば鬼母の乳房も張りゆくか柘榴のごとく熟れし日輪

わが胎に命のままに脈打ちしわれとは別の宇宙なる君

夜をこめてわれに入りたる星ひとつ群肝を得ていよよ煌めく

ひたひたとわが内側を充たしゆく小さき宇宙未来兆して

胎のなか同じリズムで鼓動する僕の心臓母の心臓

星の名を数えてもなお余りある君の命を宝となせば

月の実

おごそかに海渡りゆく神々のその静謐に月も融けゆく

月に寝て内なる獣嘶《いなな》くもわが叫び声掻き消され　白

亡霊の集う神楽の踊りの輪われもひとつの魂《たま》となり舞う

風吹きておどろおどろの雲去れば神々の貌そこに顕わる

暗がりの自らの道辿りゆくラフカディオ・ハーン魂《たま》となりても

月かげのしずかに降れる海底に歎き洩らさぬ言葉なき真珠

月の実は激しき想い閉じ込めて海鳴りを聴く闇の深きに

朧なる月より零れしひとしずく海と交じらい真珠となりぬ

バロックをなす真珠の色青鈍くるるるるるると啜り泣くごとし

ひとつぶの哀しき翳りてのひらに孤独たたえし青白き生

わが胸の裡のひそかな塊は憂いの育てし真珠貝かも

真珠とは阿古屋の癌か哀しくも鋭きメスで刳り出される

英虞湾の貝の育てし月の実の艶めくひかり女を飾る

カザルスのチェロの音聴きし澄ましいて神に触れしと思う瞬間

坂道をひとたび転げ落ちゆけば無明の湖に嵌《は》まるわれやも

いのちなきＡＩロボット犬型の従順なれば尚も悲しき

わが内に落ち葉のごとく積りゆく過去とうさまざま彩なす童話

昏き世に生くる術など見いだせず明日を託すかクライオニクス

寄する処とて高く掲げしわが希い振りほどく嗚呼神の白き手

ノイシュヴァンシュタイン

ノイシュヴァンシュタイン美しき名の枷鎖《かせ》耐え難く廃王はシュタルンベルクの湖《うみ》に沈めり

みずからを遂に拒みし王なればノイシュヴァンシュタイン悲の砦なす

悲しみは雪ともなりて舞い狂うノイシュヴァンシュタイン王の化身か

薄靄を纏いて静かに佇めるノイシュヴァンシュタイン王は棲むなき

主のなき城のなかには今もなおローエングリンの哀絶の聲

ましろなるファサードくぐれば花あふれミヒャエル教会王の眠れる

みずからの悲しみの湖深くして溺れゆきたり美しき王

黄金の褥はいまも主あらず王の魂だけが棲みおり

王の城へ行く道坂道石だたみ一頭立ての馬車が導く

永久《とわ》に霧晴れることなき絢爛の夢にまどろむ白鳥の城

一角獣

しなやかな蹄で世の群かき乱す一角獣よ憩えよわが膝

われに寄りわれを守れる一角獣われの膝にて嘶《いなな》きもせず

ゆるやかに風に逆らう鬣の微《かす》か香りてわれは微睡む

われ啼けばきっとおまえは応えてくれるおなじ魔界のキマイラのゆえ

澄む水のさらに清らに透かしゆく一角獣の叡智の角は

鳥よ鳥よ地獄の森を去りゆけよ天空の境破り羽搏け

現とう耐え難き世に吾あれば一角獣の背に乗り駆けん

一角獣のねじれねじれた角のなか処女もとめたる高き意思あり

この耳に伝わり来たる鼓動ありアンモナイトのごとき心臓

ユニコーンお前の白い翼もてベテルギウスを明るく照らせ

心奥に耳を澄ませば聞こえ来る月満つる音、星生るる音

鮮やかな朱を引きずりて暮れていく夏の名残の凌霄花

轟音がからだの中に響き入る核磁気共鳴ＭＲＩ検査

薄明にポンと小さな音立ててうす紅の花ゆるり蓮咲く

ハタハタと羽搏く音は虚しくも空へ消えゆく渡り鳥の群れ

ベートーヴェン生家の芝にくっきりとト音記号のサルビアの赤

帰属連鎖

ハイドンの「時計」のリズムで頭痛する　ああ五月の風われを毀して

われ在るはひとつぶの砂むなしくも帰属連鎖の砂時計の中

仮想でも孤独がわれを支配する　ストリートビューのジャングル重ね

わが指の先から始まる宇宙の死「無」とはそもそも何であろうか

水仙を描きしわれはその裡に棲みて明日の命生きたし

たわわなる重き花房かさねつつ悲しみのごと藤の枝しなう

節理超えてライトグリーンに発光するキメラねずみを飼いてやりたし

スピノザの風

激しくも身を裂くばかりの感動にゆれて帰りぬオペラの夜更け

金属の巨大な鳥の内臓の一部となりて碧空を超ゆ

おのれ自身脱ぎ捨ててさえ主張せる虚空宇宙にスピノザの風

天揺れてきらめく星も落つるのか中世絵画の魔の中に居て

時として生死を分かつメス握る医師はその時「無」となり得るか

アウシュビッツ、裸のギデオン・クラインはピアノ奏でき死に向かう朝

愛よりもはるかに深き血の痛み芽吹き初めて死者送る春

この生は一瞬または塵芥か地球という名の星に在りつつ

絢爛たるルートヴィッヒⅡ世の寝台に臥せば悪夢に狂い死ぬやも

萎えてゆく心の真中なお熱く柘榴のように熟れて弾けぬ

天空の青ひき裂きてゆく願いわれをも捨てて高く翔び去れ

酔芙蓉

血を吐きて深き虚より叫ぶとも谺《こだま》返らず水静かなり

髪をとき今日も命を閉じるのか鏡に沈む月は映りて

「さようなら」声なき声が悲しみの霧を纏いて橋わたりゆく

幾年の風雪耐えし老木の樹幹のうねりはけだものに似る

時として死より重たき眠りあり底無し沼に一縷の光

混沌の森に眠れる情念よこの胸裂いて赤々と咲け

風戦ぎ幼き恋の秘め事に紅色あえか酔芙蓉笑む

逝く友にせめて小さな橋かけて届けやりたしわが庭の花

生と死の狭間と思う深みよりかたちなきものふいに飛び立つ

するどくも風を二つに切り分けて隼一羽獲物を目指す

混沌の空を彷徨う魂とくぐりゆきたし邪宗門とて

夕凪ぎて舞い降り来たる情念は病の身体を奮い起たせよ

白椿散る

幼には精緻な線が怖かったギュスターヴ・ドレのイソップ絵本

真実を語ればわたし殺されて血池にひとつ白椿散る

燿きににぶき葡萄のひとふさは悔根のごとく紫睡《ねむ》る

生と死を分つ夕べの残照の微光恋うるか葡萄の孤独

月と吾を結ぶ夢の長い橋駆くるもむなし終わりなき橋

悲しみはだれにも知れずひとつぶの葡萄の翳のむらさきを食む

霞たつ夕光指し行く雁のながながしき翳吾もそれを逐《お》いてゆけり

この世には棲む処なし吾は友とギリシャ神話の世界に遊ぶ

月ゆれてすべてが闇にのまれゆく明日はあるのか友と吾の刻

われひとりのせて鞦韆きしきしと激しく揺らす青嵐の青

少年はみのらぬ想いを水底に沈めてうすき衣を捨てる

櫻花微かな記憶と散りしとき風の象《かたち》に君を捜せり

ラリックの玻璃

風そよぎ友の霊魂《たましい》透き徹り星の瞬き湖面震わす

ひたひたと季節のかおり漂わせ庚申薔薇の気まぐれ赤し

赤き薔薇赤き血滾らせその蔭に青い血流す青薔薇かなし

さやさやと木の葉かきわけわたる風今日の想いを明日へ届けよ

前の世をふとも映して潤みたるラリックの玻璃蜻蛉のめだま

ラリックの壺に飛び交う燕二羽世紀の狭間くぐりゆくごと

花紋様堕ちゆく世紀に刻まれて永遠に繋げんラリックの玻璃

その針で吾が胸刺さんと羽拡ぐ孔雀紋なるラリックの胸飾り

月かげに青を織りなし陽の差せば血の色見するラリックの玻璃

それだけで完成型の美をなせば挿す花拒むラリックの壺

美のなせる妖しき光ラリックの吾の生の血吸いはたすごと

ラリックの瑠璃の膚よりひとつぶの葡萄こぼれていのちを放つ

書を置けばランプ透かしてラリックの蝶飛び出でて壁に微睡む

ラリックのガラスの瓶にしがみつく葡萄に触れなば黒き血の散る

玲瓏レンズ

秋の陽を総身に透かしいそしぎは羽撃ぐごとに生命《いのち》捨てゆく

坂道を項垂れのぼる吾の背にただあかあかと落暉耀う

天翔る雲は少女のかたちして笑まえるごとしうすあかき陽に

フェルメール禁じられたる王の藍青ラピスラズリで下女を描けり

東洋の憧憬秘めしフェルメール「天文学者」は褞袍《どてら》羽織りて

吾が前に霞かかりて戸惑いぬ現世へ繋ぐ長い吊り橋

沈む陽を背に佇つ楽師ら街角にひとつとなりぬ影も響きも

夕光を浴びてウィーンの街角に手廻しオルガン哀しく尾をひく

今宵われカムパネルラの魄喰みながら玲瓏レンズ磨きて睡る

ビロードのごとき闇夜に君もとめ悶え悶えつ羽搏くわれは

僕は君を愛す。良いのでしょうか一千億個の星から見つけたる君

どどどど冥い想いはこみあげる君の星へと梯子をかけて

寂しくも星は光れど心は昏い昏い夜空にわたしは光る

悶え悶え人間であること生くること震え震える星の慟哭

どうしても伝えられない想いにはユリアペムペル摘みて捧げむ

結局は孤独となりて汽車に乗るサザンクロス駅通り過ごして

君の息は僕の息僕の息は君の息ふたつの魄は交わり翳る

椿一輪

月射せば壁にも生命あるごとく魚拓のうろこ皎と煌めく

君の手はさらに気高く透き徹り月むしるごと青く冷たき

記憶にも留めおけざる悍《おぞ》ましき時は殺してわが裡にあり

紅椿おのが重たき血の色に耐えかねる冥き地面に落つる

くるしさに天に向かいて血を吐けばわが貌に咲く椿一輪

激しくてその激しさが重すぎて椿一輪夕光を受く

落椿みずから命を湖に捨ててふたたび赤赤と咲く

はじらいの乙女の髪は幽かゆれ秘密を重ね椿ももいろ

白椿花びら散らず嘘ひとつはらりと散りて湖底に沈む

みずたまり少女しゃがみてぽっかりと謎のかたちの椿花咲く

雪の上に椿の花のひらくごと村山槐多の喀血のあと

項垂れて色彩なき記憶数えれば鶏頭燃えてあたりあかるき

空をゆく鳳凰なせる雲ありてゆるり游ぎて青に粉るる

蒼空に吸わるるごとく飛びたちぬやがて消えゆく青鷺の青

青き馬の鬣

仲間には目のない魚も泳ぎいて想像力が世界を制す

こんなにも静かな昏い世界にはイカの大きな目玉が虚しい

次の世はワイングラスを陽に透かし静かな海を眺めてみたし

湖は月をまるごと呑み込みぬ幽かな雲をはじらい纏いて

つややかな青き馬の鬣をつかみて明日への命駆るわれ

孤独なる闇深ければ水底にむらさきの石の叫び声する

悲しみと怒りに暮れてふりむけば炎と盛る鶏頭の花

月光に露載きてただ青くわれまねくごとルピナスの花

熱病がゆるく醸せる朦朧感生に繋ぐる物語書く

生くるのに答えなどないわれはただ晨夜《しんや》玄黄つり橋わたる

風に戦ぎ樹々は銀の葉裏見せサヤサヤサヤと過去を囁く

わが眸とずれば奥に見ゆる群れ魑魅魍魎ととりどりの花

深い谷落ちゆく睡りと覚醒とそれぞれに見るいのちのひかり

読みさしの本の世界に吾も入りてねむりの中に少年を抱く

冥き世のひたひた満ちる水際に風そよぎ来て湖面ゆらしつ

白猫に白き睡りの舞い降りて黒猫はその傍に目醒める

ひとつぶの雫に映るわが生命ゆらせばふるふるはかない睡り

鈴蘭の畑に伏さばこの身にも永遠の睡りのおとずれるかも

黒き世にま白き翼舞い降りてわが睡りの精のしずかに蔽う

ヴァルタヴァ川の月

火の鳥はおのが炎の絶えゆくも骸に煌めく塵を巻き上ぐ

悲しみの忍び泣くこえ遠く聴くわなわなとして光届かず

わが内に火の鳥ありて燦燦と君が心臓燃え尽くすまで

きらきらと白夜の月は舞い降りてヴァルタヴァ川はうす青く照る

いつまでも暮れない空に抱かれてプラハの街は白き夜眠る

スメタナのモルダウ川の曲のごと流れは少し淀みつつ流る

揺籃の赤子の額に刻まれし皺は『プラハの春』を語りぬ

静かなるプラハ城に舞い降りてファルケン　ファルケンわが領土　鷹

どこまでも葡萄畑と林檎の木緑に濡れるモラヴィア草原

天を衝く巨大な城裏ひっそりと錬金術師の黄金の小路

黄金の小路のちいさな空間はカフカが『変身』生みし小部屋か

父の翳に怯えて生きた四十年人の不条理描きしカフカ

カフカとはチェコ語で鴉を意味すると、プラハの空の悠然とカフカ

いつまでも歩き続けて行き着かぬ謎の中なるカフカの『城』は

ヴァルタヴァに架かる川橋カレル橋光は無言で城へ導く

姫柘榴

ゆららかな光翳せる桜ばな盛れる内にわれは微睡む

わが脳赤き実つけぬ姫柘榴光届かぬ夢を見ており

光跡はニュートリノなる微粒子か万華鏡のごと形式を変えて

琥珀玉蟻のいのちを閉じ込めて一億年もの眠りを醒めず

自我という闇に獣の棲みおりて　るおーんるおーんと夜毎啼きたり

ひとしれずわが内側に睡る石叫ぶごとくにわれを震わす

汝《なれ》を見る瞳の熱で割れる石仮面の下の真実の汝

蛍石飛べぬ生命のかなしみに光放てり、耀い、黙す

エンセラダスの薔薇

われもまた暗黒物質かなしくもビッグバンより生れたる芥《ちり》

この星に生き難からん深紅なる地の色に咲くエンセラダスの薔薇

わが脳の裡に咲きたる紅薔薇の枯れることなき永遠《とわ》のかなしみ

幾重もの謎を重ねて咲く薔薇は月光ひたす夜をしずもる

総身の鋭き青き棘をもてわれを瑕《きず》つけ咲くや紅薔薇

悲しみのマリアの白き指間よりこぼれる真白き薔薇の花びら

混沌の歴史の襞に彫《きざ》みたる時を耐え抜く石の薔薇窓

赤すぎる落暉を受けつつ今しばし散るを拒むか迷宮の薔薇

太陽の顔は地上の反映か錬金術の黄金の薔薇

アングルの裸体画よりも艶めかし二股大根朝採りの白

レスピーギ五臓六腑を震わせてやがて孤独の核に入り来る

レスピーギ脳の奥を打ち鳴らし音律しずかに凪ぎて果てたり

星座図鑑

悲しみの驟雨のあとのラベンダー焰となりて青は燃え立つ

流星群想い込むるとわれに入るあらたな宇宙育むために

今日もまた小さき宇宙は生まれ出ずわれが星へと還りゆくとき

わが脳胡桃の形に小さくとも堅き宇宙を壊すものなし

未来兆す青藍の空澄みわたりわが裡にある宙のゆらめく

世の毒を一気に吸いて咲き重る桜はなびら光放てり

若冲の鳥の眼差し鋭くて病み弱るわれを尚苛むや

星座図鑑眺むるうちに微睡みて億光年の夢に目醒めぬ

亡き祖父の書庫に漂う黴の香は宇宙の涯へわれを誘えり

水鳥は弧を描きつつ湖《うみ》に遊び空舞う鳥は虹くぐりゆく

暁に嗚呼とも言わずわが友は風となりたりわれを残して

天空に浮く友の魂追いゆかば青きいのちの条《すじ》椿ひき離れん

荒涼の庭にひろがる薄闇に月は無言でわが裡に入る

シェーンベルクの墓

銀の月霊気が魂貫きてピエロは踊りわたしは狂う

夕光に掌翳せばうすあかく生命の火燃ゆるを見たり

月さえも朧朧と睡りゆくこの世の苦き酒を喰らいて

音階も毀れてそこに砕け散るピエロの沓《くつ》先鋭き上に

精霊がわれを招いて踊りゆく生と死の際フラッシュ・モブで

鳥さえも憩えぬ枝に身を寄せて翠帳めぐれる夜を垂れたり

影だけがそこに残りて狂い舞う群衆去りし荒涼の庭

青き月零れんばかりにふりそそぐシェーンベルクの黙しし墓に

脊柱を氷の舟が滑りゆくシェーンベルクの〈浄夜〉聴くとき

青冴ゆるシェーンベルクの墓の上〈月に憑かれたピエロ〉は踊る

月融けて青き悲しみしたたればピエロ狂喜し光に泳ぐ

水のごと月は光りて麗しきピエロは笑いわたしは狂う

病む足に濡れて光れる繻子の靴青きその色闇に沈みぬ

胸元に鋭く刺さる針のむれピエロの痛み密か暴きて

憎しみの女はあかいろ激しくも赤赤赤の枯れ果つるまで

墓石は斜めにありて直方体シェーンベルクの眠る形状

薄月の透けて幽く降りそそぐ桜はなびらわが生命とも

解説

大塚寅彦

清水美織さんが第一歌集をまとめられた。集名は『エマイユの煌めき』。エマイユとはエナメルのフランス語で、日本の七宝焼に相当するとある。ネットで検索してみると絢爛たる装飾品の画像が現れる。これを第一歌集の名とするあたりに、絢爛の美に対して物怖じしない美織さんの意識が見えて来る。そもそも筆名である下の名にも「美織」、美を織るという意志がすでに示されている。「七宝」とか「エナメル」の煌めきでないところにも作者の美意識が立脚しているのが英語圏よりも仏語、あるいは独語といった欧州の文化圏であり、しかも超時代的であるのが見えてくる。

光得て胎から出た刹那よりわが子はこの世の戦場にあり

集の初めの方にある一首である。「胎から出たる」とすれば七音の定型になるのに「出た刹那」という語句の勢いを優先させたいためにこのように書く。部分的な口語調とも言えるが、数年前に筆者の教室に来られていた頃はそうした部分口語とベースとしての文語の文体上の格闘があったようにも思う。

わが胎に命のままに脈打ちしわれとは別の宇宙なる君

別の連にはこうした一首もあり、「光得て」地上に出ることになる生が自分の母胎にあってもそれは「別の宇宙」である、子であっても個々の生、すなわち個々の宇宙であるというミクロにしてマクロな視点があるのは興味深い。

ベルリンのクリスマス市で老婆売る天使と悪魔同じ価格で

プラハの夜若き女の肉叢に薔薇と蝶なる刺青熱し

ガウディの開く事なき石の薔薇蕾なるまま永遠《とわ》を花咲け

真実は見つめる程に痩せゆきてジャコメッティの彫刻となる

幼には精緻な線が怖かったギュスターヴ・ドレのイソップ絵本

前の世をふとも映して潤みたるラリックの玻璃蜻蛉のめだま

旅行詠らしい旅行詠ではなく、様々な国や都市の芸術を凝視することで内なる何かを透視する、そうした詠に作者の本領が出ている感がある。

欧州、ことにドイツを旅することが多い作者なのだが、チェコやスペインも行くのだろう。この「天使と悪魔」は陶製の人形のようなものだろうが、「同じ価格」で売られていることに着目する。「もの」の商品価値とは善悪超えて平等なのだということ、悪魔であっても装飾としては天使に対して遜色ない場合もあり、売っている老婆は魔女かも知れない、などの様々な想念が読み得るのである。
二首目、プラハの夜の女なのだろうが、露わな肉体には「薔薇と蝶」が入れ墨されている。それもまた聖邪、善悪の象徴と見ることができ、中間的存在としての人間の哀しさのようなものを見ている。ガウディの石の蕾の薔薇は聖家族教会の一部分かも知れないが、咲いている花の状態と蕾の状態が併存しているような、言わば「シュレーディンガーの猫」的なものとして彫刻を捉えている視点も感じる。ジャコメッティはスイス出身だがこれはパリあたりでの作品展示なのだろうか。真を求めることが過剰や装飾を剝ぎ落としてゆくということをあの彫刻は訴えかける。ドレの版画も作者の美意識に合った世界と思えるが、幼子の目にはいささか面妖な版画集を、絵本として与えられたという家庭環境にも思いの及ぶ一首である。ルネ・ラリックもいかにも作者が好みそうなガラス工芸作家である。前世を蜻蛉のガラスの目玉が映し出すというのも十九世紀末から二十世紀初頭の神秘思想と芸術の融合を思わせるところである。
一瞬で世界を繫ぐ電子箱かかえて今日はドイツを巡る
一瞬で世界を毀す電子箱かかえて今日もドイツを巡る

神秘思想や幻想と親和性の高い作者だが、先端的な科学や情報社会への関心もあるところが面白いところだ。「ホログラフィの籠」という連にはこうした対称性を意識した二首がある。電子箱はパソコンみたいなものを想えばいいのだろう。違いがほとんど「繋ぐ」と「毀す」だけというところに、使う人しだいで広大な範囲のコミュニケーション・ツールにもなり、世界を破壊する凶器にもなるという危うさが浮かび上がる。しかしその対称の意図が読み取りやすいのもどうかとは思われる。世界全体の危うさについての歌なので「ドイツ」という国の限定は要らなかった。

死番虫やがて飢え朽ち果つるのか　電子書籍に喰らい処なし

節理超えてライトグリーンに発光するキメラねずみを飼いてやりたし

これらもハイテクに関しての歌だが、もう一つ感は否めない。本を食い散らす虫ならば死番虫よりまず紙魚が危ういだろう。哺乳類に発光するシステムは無いのだが、それを無理やり遺伝子レベルで組み込まれた異形のキメラねずみ、「飼いてやりたし」以外の作者の評価が欲しかったところだ。

われがただため息つけば海底の悲しみの群れ泡となりゆく

大鴉わたしの秘密の赤い実を奪い溶けゆけ漆黒の空に
朧なる月より零れしひとしずく海と交じらい真珠となりぬ
太陽も月もいつかは死に絶える永遠《とわ》とは何か朝のパン食む

一首目、「海底の悲しみの群れ」の具体がわからないが、ため息一つでそれが「泡」になるというミクロとマクロの遠い相関、自己と自然の一体化の面白さは今後追求してみる値打ちがありそうだ。二首目、「大鴉」というとポーの詩を思うが、自身の「秘密の赤い実」を奪わせた上で漆黒の闇の空に溶けゆけという発想は女性ならではの感じもあり、この一首を核としてポーばりにポエジーをふくらませた連作にしてみるのも良かったように思う。三首目、四首目のような天体の聖性という大きなものを真珠や朝のパンという小さなものに落とし込んでいるのも作者の手腕を感じさせる。

麻酔醒め意識は朧おぼろにてカレイドスコープ星の海泳ぐ
若沖の鳥の眼差し鋭くて病み弱るわれを尚苛むや
永久《とわ》に霧晴れることなき絢爛の夢にまどろむ白鳥の城
カフカとはチェコ語で鴉を意味すると、プラハの空の悠然とカフカ

これらの歌には作者が病気がちなど現実の反映もありつつ、平板な日常性に陥らない作者の歌の哲学みたいなものを見ることが出来る。作者の今後は自身のコレクションで固めた部屋をどのように広げ得るのか、あるいはそこに思わぬ「抜け道」があるのか。それはそれとして読み応えのある第一歌集となった。

令和六年一月吉日

あとがき

　このたびは、第一歌集『エマイユの煌めき』を上梓させていただきました。

　これまで大病になるなどあり、さまざまな出来事に逡巡しておりました。他の方々と関わる事が得意ではなかったため、ひたすら読書をしたり空想に耽ったりしておりました。

　小学生の頃、他の方と著しく異なっていた点と言えば短距離走の記録ぐらいでしょうか。自分でも意識することはなかったのですが、小学校五年生の頃、全校で一番速いと自負していた著名なスポーツ選手の息子さんより私の方が速い事がわかりました。当然、学校からは期待され、一人で練習をさせられたりしておりました。広い校庭にコーチの方が常に三人くらいつき、一人で対抗試合に出場する準備をさせられていたのです。

　この時の状況は、自分では理解できませんでした。しかし中学生になると、心臓に疾患が見つかり、私のスポーツ生活はあっさり終わりになりました。それからは、もとの自分に戻ったように読書、空想の日常になりました。詩等の創作活動は、自ずと湧き上がる泉のようなものです。いわば読書、空想、精神体験の副産物のようなものです。

　十年程前、名古屋の朝日カルチャーセンターで斎藤すみ子先生に短歌を習う機会がありました。短歌を始める大きなきっかけでした。斎藤先生のお薦めがあって中部短歌会に入り、会員、同人となりました。最近では歌を詠む事が喜びのひとつとなっております。

この歌集を纏めるにあたり、沢山の方々のお世話になりました。

中部短歌会の大塚寅彦代表には歌集刊行を薦めてくださったうえ、さまざまなアドバイスをいただきました。あらためて感謝申し上げます。時に励ましの言葉をかけてくださいます川田茂様、杉本容子様、佐野美恵様、歌友の安部淑子様に感謝いたします。

また、私の身と心を真底支え続けてくれた夫の清水裕之を特記しなければなりません。閉じこもっていた私の心を解放してくれました。息が出来ないでいた私の心臓に力を与えてくれました。夫なしではこれまで到底生きてこられなかったでしょう。本当にありがとう、と伝えたいと思います。

最後に、歌集刊行にあたり、角川文化振興財団『短歌』編集長の北田智広様、編集担当の吉田光宏様、装幀の間村俊一様、ありがとうございました。

二〇二四年二月

清水美織

著者略歴

清水美織（しみず　みおり）

東京、世田谷に生まれる。

1974 年　早稲田大学第一文学部ドイツ文学科卒業

1976 年　日本翻訳協会通信教育部指導者に就任

1990 年　夫の名古屋大学助教授（現在は名誉教授）就任に伴い名古屋へ転居

2007 年　ドイツのフライブルク大学へ短期留学

2010 年　中部短歌会入会

2013 年　中部短歌会新人賞受賞

2014 年　中部短歌会同人

現住所　〒 466-0848

愛知県名古屋市昭和区長戸町 3-44

歌集　エマイユの煌《きら》めき

初版発行　2024年3月26日

著　者　清水美織
発行者　石川一郎
発　行　公益財団法人　角川文化振興財団
〒359-0023　埼玉県所沢市東所沢和田3-31-3
ところざわサクラタウン　角川武蔵野ミュージアム
電話 050-1742-0634
https://www.kadokawa-zaidan.or.jp/
発　売　株式会社　KADOKAWA
〒102-8177　東京都千代田区富士見2-13-3
電話 0570-002-301（ナビダイヤル）
https://www.kadokawa.co.jp/
印刷製本　中央精版印刷株式会社
 ISBN978-4-04-884574-8 C0092